RECUEIL

DE POÉSIES,

CONTENANT

POÈMES, ODES, STROPHES, ÉPITRES, ETC.

Par M. JONSO.

TOME II.

NANTES,

IMPRIMERIE CHÉRAULT, RUE CONTRANS, PRÈS LA PLACE ROYALE.

1841

Y

POÉSIES

DE

M. JOSSO.

TOME II.

RECUEIL

DE POÉSIES,

CONTENANT

POÈMES, ODES, STROPHES, ÉPITRES, ETC.;

Par M. JOSSO.

TOME II.

NANTES,

IMPRIMERIE D'HÉRAULT, RUE GUÉRANDE, PRÈS LA PLACE ROYALE

1841.

LETTRE DE BONNE ANNÉE

A M. DE ROSNAY.

LETTRE DE BONNE ANNÉE

A M. DE ROSNAY,

QUI AVAIT BIEN VOULU ME TÉMOIGNER QUELQUE INTÉRÊT

LORSQUE J'ÉTAIS SURNUMÉRAIRE.

Si de chaque an le premier jour
Fut fêté dans l'antique Grèce,
Du bon goût, de la politesse
Jadis le fortuné séjour,

Moi j'approuve fort cet usage,
Qui depuis a passé chez nous,
Puisque je lui dois l'avantage
De vous offrir et mon hommage
Et les vœux que je fais pour vous.
Puisse le Ciel, à ma prière,
Pour prix de vos nombreux bienfaits,
Exaucer mes ardents souhaits,
Et conserver en vous un père
Aux heureux que vous avez faits !
Puissent les Parques, plus faciles,
Ne vous filer que de beaux jours,
Et, pour en prolonger le cours,
Laisser leurs ciseaux inutiles !

Croyant à la sincérité
Des sentiments qu'ici j'exprime,
Soyez indulgent pour la rime,
En faveur de la vérité.

Vous savez bien que du Parnasse
Un peu glissant est le chemin,
Et que, quelqu'effort que je fasse,

Il n'appartient pas à la *masse* [1]
D'aller jusqu'au vallon divin.

Mais, malgré le Dieu du Permesse,
Si je rime aujourd'hui pour vous,
Si des courts instants que me laisse
Un travail qui renaît sans cesse
Je vous consacre les plus doux,
En m'excusant de vous écrire,
O mon généreux protecteur,
Daignez honorer d'un sourire
Des vers échappés à ma lyre
Et qui sont partis de mon cœur.

(1) J'étais alors chargé d'un travail qu'on nomme *la masse*.

A UNE MAITRESSE DE PENSION.

A UNE MAITRESSE DE PENSION,

AU SUJET

D'UNE DISTRIBUTION DE PRIX A LAQUELLE J'AVAIS ASSISTÉ.

(C'est une de ses Élèves qui parle.)

O vous qui de l'aimable enfance,
Ornez l'esprit, formez le cœur;
Vous qui savez à la douceur
Allier l'esprit, la science;

Qui de l'étude trop austère
Adoucissez l'âpre rigueur ;
Qui faites trouver le bonheur
Dans une épineuse carrière,
Et qui, plus douce que sévère,
Par un mot ou tendre ou flatteur,
Encouragez toujours l'ardeur
De la diligente écolière :
Daignez à mes faibles accents
Prêter une oreille indulgente,
Et de ma muse un peu tremblante
Ne craignez point un fade encens.
D'une mère elle est l'interprète,
J'exprime ici ses sentiments,
A sa voix je deviens poète
Pour rendre hommage à vos talents.
Oui, je cède aux désirs d'une mère adorée
Qui veut que mon jeune pinceau
Vous offre le pâle tableau
De votre brillante soirée.
Ah ! n'espérez pas que mes vers
Retracent à vos yeux la fidèle peinture
De tous ces chefs-d'œuvre divers
Où l'art se dérobait pour montrer la nature.

Là, c'est un porte-montre, ici, c'est une fleur;

 « Oh! qu'elle est vive! qu'elle est belle!

 » S'écrie, en la voyant, un jeune spectateur,

 » J'allais en savourer l'odeur,

 » Tant je la croyais naturelle.

 » J'étais trompé par sa fraîcheur. »

Il la quitte à regret, un tableau lui rappelle

Les pinceaux gracieux, le brillant coloris.

 Ou de Michel-Ange ou d'Apelle :

 Tout charme ses regards surpris.

Sous des doigts délicats l'instrument qui résonne

A son âme ravie offre un nouveau plaisir ;

 Ah! combien il va tressaillir

En voyant décerner la première couronne,

De ses premiers succès cher et doux souvenir !

Une larme, je crois, a mouillé sa paupière ;

 Pourquoi veut-il la retenir ?

 Est-ce un crime de s'attendrir !....

De ses émotions ce n'est pas la dernière....

Que de fronts innocents se parent de lauriers !

Ils ne sont point sanglants comme ceux de Bellone ;

 Ici la justice les donne,

On les cueille en riant, sans remords, sans dangers.

Il n'en reste qu'un seul .... peut-être il est l'hommage

Que l'on réserve à la beauté.

Non, c'est le prix de la bonté,

Il appartient à la plus sage.

Douce et modeste enfant timidement s'avance ;

Son air respire la candeur,

Et le rouge de la pudeur

De son cœur trahit l'innocence.

O Chatellier, pourquoi rougir ?

Méconnais-tu notre suffrage ?

De notre amour pour toi cette palme est le gage,

A tes douces vertus permets-nous de l'offrir.

Que ta timide modestie

D'un honneur qui t'est dû ne s'effarouche pas ;

En toi nous couronnons notre sœur, notre amie.

Ensemble nous jurons de marcher sur tes pas.

ÉPITRE A UNE DAME.

ÉPITRE A UNE DAME,

A LA SUITE

D'UNE CRUELLE MALADIE A LAQUELLE JE FAILLIS SUCCOMBER.

J'AVAIS juré de vous écrire,
Et si de mes ans un peu courts
La Parque avait tranché le cours,
Je vous aurais, du sombre empire,

Où pourtant, je crois, l'on se tait,
Fait savoir que de ce bas monde
J'étais parti peu satisfait
Pour aller dans la nuit profonde.
Grâce au Ciel, grâce à l'art fameux
Contre lequel tant on murmure,
Grâce surtout à la nature,
Je suis sorti victorieux
D'un combat qui, je vous l'assure,
Eût effrayé le moins peureux.

Ne craignez pas que je décrive
Les maux affreux que j'ai soufferts,
Ni que de cette triste rive
Où tristement chacun arrive
Je vous dépeigne en tristes vers
Les bords d'ombres toujours couverts
Et la multitude plaintive
Des morts descendant aux Enfers ;
Ne craignez pas que de Tantale
Je vous retrace les tourments
Et tous les autres châtiments
Qu'inventa la cour infernale
Pour mieux torturer les méchants.

J'ai vu Cerbère et le Cocyte,
J'ai vu cette fière beauté
Qui voulut en vain par la fuite
Se dérober à la poursuite
D'un Dieu justement redouté,
Noir comme son trône d'ébène,
Et dont la sombre austérité
Atteste qu'il subit la peine
De sa triste immortalité.

Le monarque à l'humeur chagrine,
Le front sévère, l'œil jaloux ;
Au premier aspect l'on devine,
Que jamais un pareil époux
Ne fut aimé de Proserpine ;
Proserpine, au regard hautain,
Qui pour les mortels brûle encore,
Dans les bras du tyran divin,
D'un feu secret qui la dévore,
Et qu'elle dissimule en vain.

Pluton a fané sa jeunesse
Comme on fane une tendre fleur,
Croyant, dans la brutale ivresse

Q'enfanta sa brutale ardeur,
Que pour un titre de déesse
Proserpine vendrait son cœur.
Non! le Dieu qui règne au Tartare
Ne possède que ses appas;
Ignorait-il donc, le barbare,
Que le cœur ne s'achète pas!

M'avez-vous conservé le vôtre,
Vous qui m'aimâtes d'amitié,
Ou bien, dois-je craindre qu'un autre
Ne m'en ait ravi la moitié!
Ah! dois-je craindre que l'absence
N'ait altéré des sentiments,
N'ait fait oublier des serments
Qui nous reportent à l'enfance!
Répondez-moi, car le silence
Pourrait accroître ma souffrance
Et me rendre tous mes tourments.
Répondez-moi, je vous en prie,
Daignez m'instruire de mon sort;
Répondez-moi, femme chérie,
Pour qui je tenais à la vie,
Quand je luttais contre la mort!

Que votre affection m'est chère !
Combien j'estime un tel trésor !
Dussiez-vous n'être pas sincère,
Dites au pauvre grabataire
Que vous le chérissez encor ;
Dites que sous une autre loi
Votre cœur ne s'est point rangé,
Que jamais ce cœur n'a changé,
Que jamais il n'aima que moi.
Quo moi !... la raison m'abandonne,
Pour vous on peut déraisonner,
Et bien loin de me condamner,
Fanny, si la beauté pardonne,
Ah ! vous devez me pardonner.

Pourquoi seriez vous plus cruelle
Que certaine image aux yeux doux,
Qui près de moi fait sentinelle,
Qui ressemble si fort à vous,
Qui me console, me caresse,
Qui de moi s'occupe toujours,
Qui me prodigue sa tendresse,
Ses soins touchants et ses secours,
Qui m'apparaît dans mon délire,

Et qui, pour calmer mes douleurs,
Alors qu'elle verse des pleurs,
S'efforce encor de me sourire!

C'est vous, je ne me trompe pas;
C'est vous, c'est votre aimable image
Qui dans un terrible voyage
M'a toujours suivi pas à pas,
Et qui m'a ramené, je gage,
De l'affreux séjour du trépas.

Par vous, pour vous je vis encore;
Suis-je votre ami, votre amant?
Tous deux peut-être, je l'ignore,
Mais je vous aime tendrement;
Non, c'est trop peu, je vous adore!
Je vous adore! mot charmant
Que jamais je n'osai vous dire;
Puisque je l'écris en rimant,
Je veux rimer pour vous l'écrire.

DEUXIÈME LETTRE DE BONNE ANNÉE

AU

LIEUTENANT-GÉNÉRAL FABRE.

DEUXIÈME

LETTRE DE BONNE ANNÉE

AU

LIEUTENANT-GÉNÉRAL PACLB.

« NOUVEL an, compliments nouveaux, »
Disait un aimable poète,
Ami sincère du repos,
Et qui, dans son humble retraite,
D'un perroquet fit son héros.

Il parlait là fort à son aise,
Le bon Gresset, mais je crois fort
Que, sur ce point, ne lui déplaise,
L'auteur de *Vert-Vert* avait tort.
A sa muse un peu trop volage,
Je veux pardonner cette erreur :
Pour vous présenter mon hommage,
Moi, je ne connais qu'un langage,
Général, c'est celui du cœur.
C'est toujours mon cœur qui m'abuse,
Quand je vous griffonne au hasard
Quelques vers bien dignes d'excuse,
Puisqu'ils ne doivent rien à l'art.

J'implore donc votre indulgence
En faveur de ces malheureùx
Qui, dans leur molle négligence,
Bravent le nombre et la cadence,
Et qui, plus durs qu'harmonieux,
N'ont d'autre mérite, je pense,
Que celui d'exprimer mes vœux.
Ah! du moins, mes vœux sont sincères,
J'en atteste mes sentiments ;
Un bon fils au meilleur des pères

N'en offre pas de plus ardents.
Pour embellir mon existence,
Que d'efforts n'avez-vous pas faits,
Que ma juste reconnaissance
Doit ranger parmi les bienfaits !

Agréez mes vœux, je vous prie,
Et que, pour prix de leur ferveur,
Le Ciel, veillant sur votre vie,
Dans l'intérêt de la patrie,
Vous conserve au *petit chasseur* [1].

(1) C'est ainsi que m'appelait le général.

LA CHANSON.

LA CHANSON.

Je me serais bien gardé de parler de la chanson, si la première de ce recueil ne s'adressait à Béranger. Chez nous, presque tout le monde fait des chansons, plus ou moins gaies, plus ou moins spirituelles, plus ou moins piquantes. Nous sommes le peuple chansonnier par excellence. L'Italien chante ses amours, sa maîtresse, l'Espagnol et l'Allemand leur pays, qu'ils aiment, le Français chante et chansonne tout, ses ministres comme ses rois, ses revers comme ses succès, Villeroy qui se faisait battre et Marlboroug qui nous battait. Eh! que nous importe à nous d'être vainqueurs ou vaincus, pourvu que nous chantions à notre

aise et que nous fassions de l'esprit, fût-ce à nos
dépens! Mais nous avons tant d'esprit! nous savons si
bien aiguiser l'épigramme! nous manions avec tant
d'adresse l'arme du ridicule! nous l'ôter est impossible,
et véritablement ce serait priver le monde d'une infi-
nité de jolies choses que nous savons penser et dire.
Si nous ne sommes pas la nation la plus sensée et la
plus philosophe, nous sommes certainement la plus
légère, et cette légèreté nous tient lieu de philosophie.
Sous ce rapport, nous n'avons sûrement rien à envier
aux anciens citoyens d'Athènes; s'ils pouvaient ressus-
citer et venir parmi nous, s'ils nous voyaient agir,
s'ils nous entendaient parler, ils seraient surpris et
honteux de notre supériorité dans ce genre. Qu'ils
aient emprisonné Miltiade et Cimon, banni Aristide,
Thémistocle et Alcibiade, empoisonné Socrate; ce
sont là des bagatelles qui ne valent pas la peine qu'on
s'y arrête. Nous en faisons bien d'autres quand nous
sommes en train, et il n'est pas difficile de nous y
mettre. Il est vrai que, comme eux, nous nous repentons
souvent ensuite, et trop tard; que nous regrettons
quelquefois amèrement les hommes que nous n'avions
pas su ou voulu apprécier; que nous leur rendons assez
ordinairement justice..... lorsqu'ils sont morts. Mais,
peu susceptibles d'éprouver un sentiment durable et
profond, nous revenons à cette folle gaîté qui est le
fond de notre caractère. Et puis, la chanson n'est-elle
pas là pour nous consoler! Notre verve, après s'être
exercée sur les gouvernants qui ne sont plus, ne doit-

elle pas s'exercer aussi sur les gouvernants qui leur succèdent! N'avons-nous pas toujours en réserve une foule de traits malins que nous savons décocher avec une merveilleuse dextérité! Malheur, trois fois malheur à qui ne nous plaît pas! fût-ce un ange; nous trouverons moyen de le ridiculiser, et, dès-lors, c'en est fait de lui, car le ridicule est chez nous ce qu'il y a de pire. Que de réputations justement acquises peut-être sont tombées devant un bon mot, un couplet, pour ne plus se relever! Et les bons mots sont ce qu'il y a de moins rare en France; on peut en dire autant des bons couplets. Ils fourmillent, et pour s'en convaincre, il suffit de lire nos chansonniers. Que de chansons gracieuses, charmantes! Que de traits acérés qui vont directement à leur adresse! Frivoles ou sérieux, gais ou terribles, tous les sujets nous sont bons, et nous savons en tirer parti pour amuser le peuple du monde qui s'amuse le plus. Un auteur que j'ai connu, et dont je veux taire le nom dans l'intérêt de sa famille, eut le courage de chanter, en vers fort plaisants, ma foi! les désastres de la grande armée et de Waterloo, comme on avait chanté précédemment les *aristocrates à la lanterne*. En lisant ses couplets, je demandai s'il ne lui avait pas pris aussi fantaisie de mettre la Saint-Barthélemy en chanson. A coup sûr, il n'y avait pas songé, car il aurait dit là-dessus de fort jolies choses, tant il était français, le brave homme!

Qu'on nous laisse donc chansonner, puisque c'est

notre maladie, de même que le spleen est la maladie de nos voisins d'outre-mer. Nous avons chansonné sous tous les gouvernements et probablement aussi tous les gouvernements. Pourtant nous ne sommes pas à bout, qu'on le sache bien. Sous Louis XIV et sous Napoléon, on chantait bas, tout bas, parce que les maîtres n'aimaient pas la chanson. Ils regardaient apparemment les Français comme des enfants un peu trop vifs, auxquels il ne faut pas lâcher entièrement la lisière, de peur d'accidents. Ils ne nous ont laissé ni assez de liberté d'action, ni assez de liberté de penser et d'écrire. Mais aussi, comme nous nous sommes émancipés, une fois débarrassés du joug qu'ils nous avaient imposé! Sous eux, nous avions fait des prodiges, comme nous savons en faire quand nous nous en donnons la peine. Ces prodiges, nous les avons chantés depuis, et nous avons chanté bien d'autres choses encore, souvent à tort, quelquefois avec raison, toujours avec esprit, si l'on en excepte cependant quelques plates chansons qui sont mortes long-temps avant leurs pères, parce qu'elles ne pouvaient pas vivre chez la nation la plus spirituelle de toutes.

Entre nos innombrables chansonniers, il en est un qui s'est élevé à une telle hauteur, que les autres se sont bornés à le suivre de l'œil dans son vol audacieux, ainsi que l'on suit l'aigle. Le nommer est inutile, chacun voit qu'il s'agit de Béranger. Celui-là a des tons pour tous les sujets. Les belles, les plaisirs, les héros, la patrie, il chante tout avec un talent devant lequel on est forcé de s'incliner. C'est le poète populaire, le poète national, le roi de la chanson par la grâce d'Apollon, comme Napoléon était l'empereur des Français par la grâce de son épée.

Si vous voulez lire de jolis ou de beaux vers, ouvrez au hasard un recueil de Béranger, et vous êtes sûr d'arriver juste. Vous pouvez prendre indistinctement la *Vivandière*, la *Belle Maîtresse*, le *Cinq Mai*, le *Vieux Drapeau*, le *Coursier du Cosaque*, les *Enfants de la France*, le *Retour dans la Patrie*, etc., etc. Mais ne lisez pas en courant; lisez avec attention, avec réflexion, comme on lit Fénélon, Lafontaine et Racine, avec lesquels Béranger a tant de traits de ressemblance. Quelle aimable philosophie! Quelles idées! Quels sentiments! Quelle poésie! En est-il de plus parfaite? Je ne le crois pas. Elle eût ravi, et l'auteur d'*Athalie* et de *Phèdre*, et l'auteur de *Zaïre*.

Béranger aime sincèrement son pays, et ce sentiment d'une âme généreuse perce dans presque tout ce qui est tombé de sa plume. Ce n'est point un patriotisme intéressé, affecté, étudié; c'est le cœur qui parle et qui le rend si entraînant. Il voudrait, et il a raison, le bonheur du plus grand nombre, le bonheur de tous, s'il était possible. Ainsi pensait le bon Fénélon, et sans doute aussi le bonhomme Lafontaine. Il serait à désirer que tout le monde pensât de même : hélas!.....

Béranger a voué sa muse à la France, objet de toutes ses affections; il a rappelé, relevé sa gloire. Son *Vieux Soldat* nous électrise en nous reportant au temps de nos triomphes; *Catin* parle de nos immortelles campagnes comme on parle de déjeûner, tant cela lui paraît naturel.

Le poète n'oublie jamais le soldat, jamais la nation; il sait bien que c'est à eux au moins autant qu'à l'habileté incontestable de la plupart de leurs chefs qu'il faut attribuer nos victoires. Eh! qu'auraient fait, je vous prie, avec toute leur capacité, les Bonaparte, les Moreau, les Masséna, les Soult, les Kléber, s'ils avaient commandé d'autres hommes que les héros d'Arcole, de Hohenlinden, de Zurich, de Toulouse, d'Héliopolis? A chacun sa part.

On s'étonne assez généralement que Béranger ait donné à tous ses écrits le titre modeste de chansons. Mon Dieu! le titre n'y fait rien. Nous sommes convenus d'appeler chansons certains petits poèmes dont chaque strophe ou couplet se termine par le même refrain. Or, ce refrain est du meilleur effet lorsqu'il est heureusement amené. Béranger l'a senti, en maître de l'art, et comme il sait merveilleusement placer le même mot ou le même vers à la fin d'un couplet, il en a tiré un immense avantage. J'avoue que l'on est fortement porté à débaptiser ses chansons patriotiques pour leur donner le nom d'*Hymnes* ou d'*Odes*, qui leur conviendrait

beaucoup mieux. Tenons-les toutefois pour des chansons, et disons seulement qu'elles sont de celles que
Jean-Baptiste Rousseau voudrait bien avoir faites s'il
vivait de nos jours, et qu'elles dureront autant que la
langue française.

Ce pauvre Béranger! ne s'est-on pas avisé de l'em-
prisonner par le même motif que l'on emprisonne la
fauvette, c'est-à-dire parce qu'il chantait trop bien. En
vérité, c'est cruel! Mais la fauvette chante dans sa
cage, et Béranger a chanté dans la sienne. Il eût été
plus prudent de le laisser tranquille. Malheureusement
on n'y avait pas songé.

Je m'abstiendrai de toute réflexion sur ma chanson
à Béranger, qui m'a coûté beaucoup, parce que j'ai
voulu conserver le même rhythme que lui dans ses *Enfants de la France*, et terminer chaque couplet par le
même mot. Béranger a fait une *Ode* magnifique, et,
tout en lui empruntant plusieurs rimes, je n'ai fait, ce
me semble, qu'une chanson fort médiocre et trop sem-
blable apparemment à celles qui suivent. Celles-ci, du
moins, sont plus excusables, puisque ce sont des chansons de circonstance, ce qui, j'en conviens, n'est pas
une raison pour qu'elles trouvent grâce aux yeux du
lecteur.

A BÉRANGER.

J'ai lu tes vers, et plein de ton délire,
J'ai partagé tes sublimes transports,
O Béranger, à qui la France inspire
De si touchants, de si dignes accords.

Permettras-tu que ma muse en démence
Ose aujourd'hui s'élever jusqu'à toi!
  Si je m'égare, guide-moi;
   Je suis un enfant de la France.

De ton coursier j'aime l'ardeur guerrière,
J'aime *Catin* et sa vive gaîté,
Du conquérant j'aime l'humeur altière,
Et ton *Habit* tombant de vétusté;
J'aime à te voir renaître à l'espérance
En contemplant ton glorieux *Drapeau*,
  De *Manuel* j'aime le *Tombeau*,
   J'aime les *Enfants de la France*.

J'aime avec toi cette *Belle maîtresse*,
Pour qui tu sais trouver de tendres sons,
J'aime tes feux, tes plaisirs, ton ivresse,
J'aime surtout, oui, j'aime tes soupçons;
Je comprends bien que quelque défiance
Vienne troubler ton esprit combattu;
  Pourtant, tu crois à la vertu,
   Chantre des *Enfants de la France*.

J'aime ton *Ame* indépendante et fière,
Qui part, te quitte et vole vers les cieux,
J'aime les pleurs de ta bonne *Grand'Mère*,
J'aime tes vers badins ou sérieux.
Sur ton chevet, où jamais l'indigence
Ne t'apporta de rêves affligeants,
  Chante le *Dieu des bonnes gens*,
  Le Dieu des enfants de la France.

Oh! qu'à vingt ans tu devais être aimable,
Quand tu logeais dans un humble grenier!
Que tu me plais lorsque tu ris à table!
Mais je gémis, voici ton *Prisonnier.*
Empressons-nous d'adoucir sa souffrance;
C'est notre ami, puisqu'il est malheureux;
  Envers lui soyons généreux
  Comme des enfants de la France.

Ciel! à son tour ta muse est prisonnière,
Et Béranger chante sous les verroux!
A ses couplets la France tout entière
Vient d'applaudir. Esclaves, à genoux!
Vous attentiez à son indépendance,
Mais le génie est libre dans les fers;

La France répète ses vers
Dignes des enfants de la France.

Bientôt sans doute il brisera sa chaîne,
Il reprendra son vol audacieux.
O Dieu! c'est lui! lui devant Sainte-Hélène!
Des pleurs amers s'échappent de ses yeux.
Béranger pleure!... Ah! je frémis d'avance!
J'ai deviné l'objet de sa douleur.....
   Fiers potentats, n'ayez plus peur,
   Là dort un enfant de la France!

Chantre divin, ton luth est-il rebelle,
Ou n'as-tu plus de sons harmonieux?
Joins tes accents à ceux de Philomèle,
Et nous allons vous applaudir tous deux.
Pour t'écouter le monde fait silence;
Vîte reprends ton luth, ton seul trésor,
   Chante, Béranger, chante encor,
   Chante les enfants de la France.

LA COMMÈRE DU QUARTIER.

Ça, Mesdames, faites silence;
Vous qui vous taisez rarement,
Voici Margot, et la séance
Va commencer dans le moment.
Margot tousse, crache et se mouche,
En femme qui sait son métier,
Puis, pour médire, ouvre la bouche;
C'est la commère du quartier.

Margot vous en dira de belles,
Car, depuis bientôt quarante ans,
A vous fabriquer des nouvelles
Elle a consacré tout son temps.
De la vertu qu'elle révère,
Comme elle a suivi le sentier!
Respectez la vertu sévère
De la commère du quartier.

On prétend que, dans sa jeunesse,
Elle a commis plus d'une erreur;
Pour moi, je crois à sa sagesse,
Et j'en atteste sa laideur.
Je crois au bonheur sans partage
De son époux le savetier,
Et je rends humblement hommage
A la commère du quartier.

Margot défait les mariages,
Et dans huit jours, par charité,
Elle a brouillé quinze ménages
Où régnait la tranquillité.
Elle déchire la portière,
Elle fait trembler le portier;

Oh! c'est une verte commère
Que la commère du quartier !

A surveiller le voisinage
Elle exerce ses quatre enfants ;
Son système d'espionnage
Est monté sur de vastes plans.
Chaque marmot à triste mine
Obéit à son chef altier,
Chacun inspecte une cuisine
Pour la commère du quartier.

Chacun rend un compte fidèle
A la mégère à l'œil cagot,
Et chacun, pour prix de son zèle,
Obtient un souris de Margot.
Chacun a vu ses quatre étages
Sans en excepter le grenier.
Quel beau sujet de bavardages
Pour la commère du quartier !

Je vois son voisin qui s'avance
Dévotement, en tapinois ;
Calomnier est sa science,

Il calomnia tant de fois !
Margot, autrefois sa maîtresse,
Lui fit cadeau d'un héritier,
Mais il méritait la tendresse
De la commère du quartier.

Margot, si vous fîtes des vôtres
Avec ce bon frère escobard,
De grâce, en paix laissez les autres,
Et souvenez-vous du moutard.
Surtout, redoutez la mémoire
De votre ami le chansonnier,
Qui pourrait bien dire l'histoire
De la commère du quartier.

Laide Margot, de par l'aleine,
De nous ne vous approchez pas ;
Vous sentez fort, et votre haleine
Tuerait les mouches à vingt pas.
Vous pouvez empester le monde,
Oh ! oui, le monde tout entier !
Empestez donc tout à la ronde,
Mais épargnez notre quartier.

A REINE.

Bon courtisan, adroit flatteur,
Tu peux, en dégradant ton être,
Obtenir l'insigne faveur
De ramper aux pieds de ton maître.

Caresse tous les souverains,
Je préfère les souveraines;
Encense les rois à deux mains,
A deux mains j'encense les Reines.

J'aime la Reine du jardin,
Cette rose qui vient d'éclore,
J'aime la Reine d'un festin,
J'aime d'autres Reines encore.
Mais quoi ! sans espoir de retour
Pourrais-je aimer des inhumaines !
Non, je veux amour pour amour :
A ce seul prix j'aime les Reines.

A la Reine de la beauté
J'offre volontiers mon hommage,
Alors que l'amabilité
Est jointe aux charmes du visage.
Pourtant, d'un objet enchanteur
Je redoute les douces chaînes,
Et je crains de livrer mon cœur
A la plus aimable des Reines.

A QUATRE DAMES

QUI, DANS UNE SOIRÉE, AVAIENT PLAISANTÉ SUR L'INFIDÉLITÉ DES
HOMMES, ET QUI ME PRIÈRENT DE FAIRE UNE CHANSON
DONT CHAQUE COUPLET SE TERMINERAIT
PAR LE MOT PAVILLON.

(J'appelais l'une d'elles *mon Docteur*.)

DE certaine philosophie
Vous armant hier jusqu'aux dents,
Vous vouliez, piquante Sophie,
Vous amuser à mes dépens.
Pour prouver que l'homme est fidèle,
Je ne fis pas de carillon,
Car je sais devant une belle
Toujours abaisser pavillon.

Quelque chaude que fût l'affaire,
J'allais m'en tirer, mais je vis

Que, pour mon sexe aussi sévère,
Betzy partageait votre avis.
Dans Betzy tout séduit, entraîne,
Prêt à lui demander pardon,
Suant, soufflant et hors d'haleine,
J'abandonnais mon pavillon.

J'avais compté sur l'indulgence
De mon trop aimable *Docteur;*
C'était ma dernière espérance,
Et j'étais dupe de mon cœur !
Devant un vainqueur plein de charmes,
Fût-on un Bayard, un Crillon,
Malgré soi, l'on met bas les armes,
Et l'on amène pavillon.

Eulalie, à votre prudence
J'applaudissais, mais, par malheur,
Vos quinze ans et votre silence
Ne me rendaient pas mon honneur.
Pour fleur nouvellement éclose
L'homme jamais n'est papillon;
Teint de lys et fraîcheur de rose
Vous vaudront plus d'un pavillon.

SUR UN MAUVAIS PANTALON

QUE JE PORTAIS ÉTANT SURNUMÉRAIRE, ET QUI ÉTAIT SOUVENT

L'OBJET DES PLAISANTERIES DE MES CAMARADES.

De devenir surnuméraire
Lorsque je conçus le dessein,
Lorsque le diable en sa colère
Mit ce sot projet dans mon sein,
Habits, souliers, vestes et bottes,
Grâce au Ciel, rien ne me manquait,
Dans ma garde-robe on comptait
Au moins dix ou douze culottes.

Hélas ! le temps qui tout moissonne
Ne m'a laissé qu'un pantalon ;

Été, printemps, hiver, automne,
Je le porte en toute saison.
Avec lui, quoique je grelotte,
Il m'aide à braver les frimas,
Mais du feu ne l'approchons pas,
Le feu prendrait à ma culotte.

Des ans l'irréparable outrage,
Cher compagnon de mon malheur,
Atteste assez ton long usage,
Trois fois tu changeas de couleur.
Le temps chaque jour m'escamote
Quelques pièces, quelques morceaux,
Je sens que bientôt en lambeaux
S'en ira ma pauvre culotte.

Hier, sensible à la froidure,
Je portai ma main par hasard
Sur je ne sais quelle ouverture
Qui n'est pas l'ouvrage de l'art.
Sur ma chaise si je tremblotte,
Messieurs, n'en soyez pas surpris.
Vous pouvez y voir les débris,
Oui, les débris de ma culotte.

A BERTHE.

QUI AVAIT, SUR MES INSTANCES, CHANTÉ UNE CHANSON DONT CHAQUE
COUPLET SE TERMINAIT PAR VILLAGE, MAIS A CONDITION QUE
JE LUI EN FERAIS UNE DONT TOUS LES COUPLETS SE
TERMINERAIENT PAR LE MÊME MOT.

BERTHE, qu'exigez-vous de moi
Pour prix de votre complaisance ?
Je ne puis offrir, sur ma foi,
Que beaucoup de reconnaissance ;

Les traits de mon rude pinceau
Ne vous plairaient pas, je le gage,
Il vient comme moi du hameau,
Et l'on est si sot au village!

Le sujet a de quoi tenter;
Un point toutefois m'embarrasse,
Berthe, en vous que faut-il chanter?
La douceur, l'esprit ou la grâce?
Ou bien de mille qualités
Cet heureux et rare assemblage
Qu'on trouve peu dans les cités
Aussi bien que dans le village?

Ah! si dans le sacré Vallon
Les Muses daignaient m'introduire,
Un instant du docte Apollon,
Si je pouvais toucher la lyre!...
Mais quoi! je n'ai qu'un chalumeau,
De mes aïeux seul héritage,
Il ne résonna qu'au hameau,
Il ne doit plaire qu'au village.

Cependant à ses faibles sons,

Berthe, si vous daignez sourire,
Un jour, dans de simples chansons,
Aux villageois je pourrai dire :
De la perle d'une cité,
Mes amis, j'obtins le suffrage,
Et je n'eus pas la vanité
De renier notre village.

Au village fut mon berceau,
Au village ont vécu mes pères,
Au village, sur mon tombeau
Couleraient des larmes sincères.
Bons villageois, auprès de vous
Tous mes jours passaient sans nuage,
Et je garde l'espoir bien doux
D'aller les finir au village.

A JOSÉPHINE,

POUR SA FÊTE.

Parmi les habitants des cieux
A qui la terre rend hommage,
Il en est un juste et pieux,
Un bon vieux saint du premier âge ;

Pourquoi le nommer, mes amis ?
Chacun aisément le devine ;
C'est le modèle des maris
Et le patron de Joséphine.

Grand saint, si la céleste cour
Aujourd'hui te fête et t'honore,
Daigne de ton brillant séjour
Entendre ma voix qui t'implore.
Excuse les transports joyeux
De ma muse un peu trop badine,
Et ne rejette pas les vœux
Que nous t'offrons pour Joséphine.

A peine encor dans son printemps,
Elle est discrète autant que sage,
Et, pour éclore, les talents
N'ont pas chez elle attendu l'âge.
La gaieté, la candeur, l'esprit,
La douceur, la grâce enfantine,
Tout ce qui plaît, charme et séduit
Est réuni dans Joséphine.

A UN AMI

QUI M'ÉCRIVAIT QUE, PENDANT MON ABSENCE, UNE FEMME QUE
J'AIMAIS S'ÉTAIT ATTACHÉE A UN AUTRE.

Je l'adorais quand son âme attendrie,
Cédant enfin à ma brûlante ardeur,
Un jour, quel jour! le plus beau de ma vie,
Me proclama son amant, son vainqueur.

De tous les feux du Dieu de la tendresse
Je vis alors ses beaux yeux s'allumer ;
D'un plaisir pur nous goûtâmes l'ivresse ,
Mais c'en est fait, je ne dois plus l'aimer.

Je l'adorais quand sa bouche jolie,
De cent baisers certain soir me couvrant,
D'aimer toujours avec idolâtrie
Me répéta mille fois le serment.
Aurais-je cru que son cœur trop volage,
Pour un rival tout prêt à s'enflammer ,
De ce rival deviendrait le partage !
Non , c'en est fait, je ne dois plus l'aimer.

Je l'adorais, ah ! je n'adorais qu'elle,
Quand dans ses bras je trouvais le bonheur ;
Quand, la croyant et sincère et fidèle,
Je la pressais tendrement sur mon cœur.
Qu'elle ait depuis oublié ses promesses,
Qu'un autre ait eu le don de la charmer,
Qu'elle le couvre à son tour de caresses,
Je lui pardonne en cessant de l'aimer.

A DEUX JEUNES ÉPOUX

QUI M'AVAIENT PRIÉ DE FAIRE QUELQUES COUPLETS POUR LE JOUR
DE LEUR MARIAGE.

L'HYMEN, en resserrant les nœuds
Qu'Amour forma dans le bas âge,
A couronné les chastes feux
Qu'allume femme aimable et sage.

Théodore à Clarisse uni
Cueille la fleur qui vient d'éclore,
Et le Ciel enfin a béni
Clarisse et son cher Théodore.

Les Parques pour eux vont filer
Des jours sans tourments, sans alarmes,
Et chaque instant doit révéler
En Clarisse de nouveaux charmes.
D'un doux espoir heureux parents,
Que vos cœurs s'énivrent encore;
Vous verrez croître les enfants
De Clarisse et de Théodore.

Recevez nos tendres adieux,
Couple qui volez à Cythère,
De notre amitié, de nos vœux
Recevez l'hommage sincère.
Accordez à ces trois couplets
Le pardon que de vous j'implore;
Hélas! ils sont trop imparfaits
Pour Clarisse et pour Théodore.

A CÉLINE.

AVEC LAQUELLE UNE TIERCE PERSONNE M'AVAIT BROUILLÉ.

Toi qui six mois reçus mon tendre hommage.
Toi qui six mois eus l'art de m'enflammer,
Charmante Iris, enfin je suis volage,
Et grâce à toi j'ai cessé de t'aimer.
Je ne crains plus ton aspect, ton sourire,
Je puis braver le pouvoir de tes yeux;
Va sur un autre exercer ton empire,
Soyons amis, et reçois mes adieux.

Tu m'as coûté trop de soins, trop de peines,
Et je bénis ton utile rigueur;

Je ne pouvais m'affranchir de tes chaînes
Quand près de toi je trouvais le bonheur.
Toujours aimable et coquette et légère,
Je t'adorais..... et j'étais trop heureux.
Séparons-nous, belle Iris, sans colère,
Soyons amis, et reçois mes adieux.

A tes faveurs un autre peut prétendre ;
Couronne, Iris, ses vœux et ses soupirs.
Au rendez-vous je n'irai plus t'attendre,
Ivre d'amour et brûlant de désirs.
Dans les transports de mon trop long délire,
Que j'ai perdu de moments précieux
A te conter mon amoureux martyre !
Soyons amis, et reçois mes adieux.

Soyons amis, je puis t'aimer encore,
Si l'amitié peut suffire à ton cœur ;
Aujourd'hui même à Philis, que j'adore,
Je vais jurer une éternelle ardeur.
Dans ses beaux yeux j'ai vu rouler des larmes,
En lui peignant mes désirs et mes feux ;
Près d'elle, Iris, j'oublierai tous tes charmes,
Soyons amis, et reçois mes adieux.

A JULIE.

QUI PARTAIT POUR ALLER SE MARIER.

JADIS, dans mon joyeux délire,
J'osai moduler quelques sons,
J'osai..... mais j'ai perdu ma lyre
Et mes odes et mes chansons.
En vain de ma muse engourdie
Je veux réchauffer la froideur,
Ma muse est muette, et mon cœur
Va seul m'inspirer pour Julie.

Vous dont l'âme pure et sincère
De l'art ignore les détours,
Vous qui sans lui savez nous plaire,
Et qui sans lui plairez toujours;

Vous en qui la nature allie
La gaieté, les ris, les vertus,
Puisque je ne vous verrai plus,
Adieu, bonne et tendre Julie.

Adieu !... pardonnez, je soupire,
Vous méritez bien quelques pleurs ;
De la bonté tel est l'empire,
Elle a des droits sur tous les cœurs.
Le mien peut-être à la folie
Sacrifia jusqu'à ce jour ;
Il connaîtrait un autre amour,
S'il trouvait une autre Julie.

Adieu !... je demande une grâce :
C'est que dans votre souvenir
Vous daigniez m'accorder la place
Que l'amitié doit obtenir.
Pour moi Fanny vous en supplie,
Fanny partage mes regrets,
Fanny sait que de nos souhaits
Le plus sincère est pour Julie.

A LISE.

UN DE MES AMIS M'AYANT DEMANDÉ DES COUPLETS POUR UNE JEUNE
PERSONNE QUI DEVAIT REVENIR AU PRINTEMPS,
JE FIS CEUX QUI SUIVENT.

⚜

Du long sommeil de la nature
Combien mon cœur est attristé !
Quand reverrai-je la verdure
Qui doit me rendre la gaieté !

Quand pourrai-je de Philomèle
Entendre les accords touchants,
Célébrer la saison nouvelle
Et le règne heureux du printemps !

Jadis avec indifférence
Je le voyais naître et finir ;
Au gré de mon impatience,
Aujourd'hui, qu'il tarde à venir !
Deux mois entiers faut-il encore
L'appeler de mes vœux ardents,
Et loin de Lise que j'adore
Soupirer après le printemps !

Printemps, qui donnes à la terre
Et son parfum et ses couleurs,
Viens, accours, la nature entière
S'apprête à bénir tes faveurs.
Mais, hélas ! il est loin d'éclore
Le jour fortuné que j'attends ;
Dieu d'Amour, hâte son aurore,
Et rends-moi Lise et le printemps.

A CLARISSE

QUI

EN M'OFFRANT UNE POMME D'AMOUR ET UN BOUTON D'ÉTERNELLE,
ME METTAIT AU DÉFI DE FAIRE UNE CHANSON
SUR CE SUJET.

POMME d'amour marque doux sentiment,
D'un cœur constant l'Éternelle est l'emblême ;
On ne saurait dire plus tendrement
Bonheur sans fin, félicité suprême.
Si tu pouvais un instant me prêter
Et ton génie et ta lyre immortelle,
O Béranger, j'essaierais de chanter
Pomme d'amour et bouton d'Éternelle.

Le papillon, inconstant dans ses vœux,
Sans cesse errant dans l'empire de Flore,
Donne en passant un baiser amoureux
Aux tendres fleurs que voit naître l'Aurore.
Flore espérant que l'insecte léger
Pourrait enfin cesser d'être infidèle,
Dans nos bosquets mit pour le corriger
Pomme d'amour et bouton d'Éternelle.

Zéphir badin caresse tour à tour
Le lys, l'œillet, la tulippe et la rose,
Et chaque fleur qui ne doit voir qu'un jour,
Qui se flétrit alors qu'elle est éclose.
Je lui pardonne; il peut sans s'arrêter
En se jouant l'effeuiller d'un coup d'aile,
Mais que du moins il sache respecter
Pomme d'amour et bouton d'Éternelle.

Cédant toujours à l'attrait du plaisir,
Dont il poursuit la séduisante image,
L'homme inconstant imite le Zéphir,
Et mille fleurs reçoivent son hommage.
Aussi volage, aussi changeant que lui,
Je voltigeai long-temps de belle en belle,

Mais à Vénus je préfère aujourd'hui
Pomme d'amour et bouton d'Éternelle.

Charmantes fleurs, objet de mon amour,
Puisqu'ici-bas tout ne fait que paraître,
Et puisqu'enfin, hélas ! à notre tour,
Et vous et moi nous devons cesser d'être,
Quand de mes jours s'éteindra le flambeau,
A l'Amitié si mon cœur fut fidèle,
Que l'amitié mette sur mon tombeau
Pomme d'amour et bouton d'Éternelle.

A VICTORINE ET A LUCILE,

QUI SE PLAIGNAIENT DE CE QUE JE N'ÉCRIVAIS PLUS EN VERS.

QUAND jadis sur ce mont fameux
Que l'on appelle le Parnasse,
Je grimpais avec quelque audace
Pour chanter les belles, les preux.,
Si de mon luth, alors facile ,
Coulaient sonnets, stances, chansons,
J'en réservais les plus doux sons
Pour Victorine et pour Lucile.

Sensible à mes faibles accords,
Parfois partageant mon délire,
D'un baiser, d'un tendre sourire,
La beauté payait mes efforts.
Pégase, à mes ordres docile,
D'aise bondissait à ma voix;
Sur lui je m'élançai vingt fois
Pour Victorine et pour Lucile.

J'aurais pu, briguant les faveurs
De la dédaigneuse opulence,
Me mêler à la foule immense
De nos faméliques auteurs;
Mais lorsque, cupide et servile,
A prix d'or on vend son encens,
Peut-on trouver de purs accents
Pour Victorine et pour Lucile!

Au triste honneur de m'avilir
Je préférais l'apostasie;
Du séjour de la poésie
Je m'apprêtais à déguerpir;
J'oubliais mon luth inutile
Et mes stances et mes sonnets,

Tout enfin, hormis mes couplets
Pour Victorine et pour Lucile.

Apollon rit de mon projet,
Et se rappelant ma faiblesse,
Il dit aux Nymphes du Permesse :
« Laissons lui faire son paquet.
» Si l'espoir d'un renom futile
» Ne peut rien sur ce déserteur,
» Nous verrons battre encor son cœur
» Pour Victorine et pour Lucile. »

Ainsi parla maître Apollon ;
A ce discours prudent et sage
Les courtisans, selon l'usage,
Applaudissaient à l'unisson.
De cette éloquence stérile
J'allais me moquer, par ma foi,
Si je n'avais eu contre moi
Mon cœur, Victorine et Lucile.

LES BEAUX YEUX.

Quoi ! vous me reprochez , grand'mère ,
D'aimer trop un sexe enchanteur !
De grâce , soyez moins sévère ,
Et je vais vous ouvrir mon cœur.
A vos genoux si je m'accuse
De quelques péchés sérieux ,
Les beaux yeux seront mon excuse ;
Résiste-t-on à de beaux yeux !

J'étais encore sous votre aile,
Lorsque, pour la première fois,
Je vis la sémillante Adèle.
A l'air vif, au piquant minois.
Je l'aimais; j'osai le lui dire,
Et loin de repousser mes vœux,
Pour achever de me séduire,
Elle fit parler ses beaux yeux.

Mais un tuteur atrabilaire
Bientôt vint troubler nos amours.
Reine me plut, je crus lui plaire,
Et pour nous coulaient d'heureux jours;
Quand, certain soir, certaine tante,
Qui nous surveillait tous les deux,
Rompit cette intrigue charmante
Qu'avaient fait naître de beaux yeux.

Pour la coquette Coralie
Pouvais-je ne pas m'enflammer!
Grâces, traits fins, bouche jolie,
Que lui manquait-il pour charmer?
Si j'ai souffert sous son empire
De ses écarts capricieux,

Je retrouve encor mon délire
En me rappelant ses beaux yeux.

A Lise j'offris cet hommage
Qu'on offre à toutes les beautés ;
Lise était douce , aimable et sage ,
Lise avait mille qualités.
A l'amitié son cœur fidèle
Voulut ignorer d'autres feux ,
Bien que d'amour une étincelle
Brillât parfois dans ses beaux yeux.

Grâce à ces yeux , grâce à tant d'autres ,
Si j'ai trop péché , par malheur ,
Grand'mère , dites-moi , les vôtres
N'ont-ils pas fait plus d'un pécheur ?
Alors vous étiez moins austère ,
Vous permettiez d'être amoureux ,
Et l'on m'a dit que mon grand'père
Lisait son sort dans vos beaux yeux.

PRIEZ POUR MOI.

A quelques jeunes Personnes

QUI ME RAPPELAIENT LES PRINCIPES RELIGIEUX QUE J'AVAIS REÇUS
DANS MON ENFANCE, ET QUI M'AVAIENT PROMIS DE
PRIER POUR MOI.

Vous chez qui l'aimable gaieté
S'allie à l'aimable innocence,
Qui savez à la vérité
Prêter votre douce éloquence,
Qui du Seigneur vantez la loi,
Qui, vous faisant ses interprètes,
Prêchez toujours en vrais prophètes,
Priez pour moi ! priez pour moi !

Priez pour moi ! dignes enfants,
Le Ciel entendra vos prières ;
Comme vous j'eus de bons parents,
J'ai pleuré le meilleur des pères,

Je le pleure encore. Ah ! pourquoi
N'ai-je pas suivi ses maximes !
Mais je n'ai pas commis de crimes,
Priez pour moi ! priez pour moi !

Ma vie, hélas ! fut une erreur,
Mes plaisirs furent un mensonge ;
Partout j'ai cherché le bonheur,
Et je n'ai rencontré qu'un songe.
J'ai pu voir la mort sans effroi,
Mais par delà..... Dieu, je m'arrête,
Devant toi s'inclina ma tête,
Priez pour moi ! priez pour moi !

Plaignant un esprit combattu
Qui désire et craint la lumière,
Rendez mon cœur à la vertu,
A la vertu, que je révère ;
Tâchez de raffermir ma foi,
Et loin de m'ôter l'espérance,
Accordez-moi quelque indulgence,
Priez pour moi ! priez pour moi !

CONTE.

A un Médecin de mes Amis.

QUI ME DEMANDAIT LE RÉCIT EN VERS D'UNE AVENTURE QUE JE LUI
AVAIS RACONTÉE.

Vous voulez donc, intraitable Docteur,
Que du passé rappelant la mémoire,
En vers badins je vous conte une histoire
Que vous savez depuis long-temps par cœur?
Eh! pensez-vous qu'à mes ordres docile,
Pour rhabiller un conte un peu grivois,
La rime, esclave, obéisse à ma voix?
Non, non, Docteur, la rime est moins facile.
Pour la saisir, je fais de vains efforts;

J'erre au hasard ainsi qu'une âme en peine ;
Avec Parny, Voltaire et Lafontaine,
Elle a, dit-on, franchi les sombres bords.
Ces trois auteurs, que regrette la France,
Ont dans la tombe emporté leur secret.
Et puis, Docteur, il faut être discret,
Le serez-vous ? — Sans doute. — Je commence.
Taisons les noms, le point est important,
Pas n'est besoin, je crois, de vous le dire ;
Autant que vous peut-être j'aime à rire,
Mais de nommer il serait peu séant.

Trop amoureux de la belle nature,
Certain galant, une certaine nuit,
Rasant les murs, en tapinois., sans bruit,
Allait chercher une heureuse aventure.
Pour voir la belle, il arrivait trop tard,
Tout était clos, la porte et la paupière,
La lampe même, à la pâle lumière,
S'était, ce soir, éteinte par hasard.

Un autre aurait déguerpi sans trompette,
Abandonnant un projet avorté,
Mais notre drôle, un peu plus entêté,

Ne battait pas aisément en retraite.

« Moi ! se dit-il, m'arrêter en chemin,
» Lorsque je suis si près de ma conquête !
» Allez, Monsieur, vous n'êtes qu'une bête !
» A quelques pas n'est-il pas un jardin
» Qui doit tout droit vous mener chez la belle ?
» Le mur, d'accord, le mur est un peu haut,
» Et si pourtant vous n'en tentez l'assaut,
» Résignez-vous à faire sentinelle,
» Ou, comme un sot, allez coucher tout seul. »

Sur le jardin donnait un arbre unique
Qui dominait un toît assez antique.
Était-ce un chêne, un pommier, un tilleul ?
C'est bien de quoi s'occupait le compère !
Au beau sommet il grimpe en un clin-d'œil.
Tout comme eût fait un craintif écureuil
Pour échapper à la gente écolière :
L'amour est leste autant que résolu.
Un craquement soudain se fait entendre,
Et de si haut force fut de descendre
Plus promptement qu'on ne l'aurait voulu :
Le bois de l'arbre était un peu fragile,
On avait trop compté sur son secours,

Il se rompit comme il se rompt toujours,
Et sur le toit tomba notre imbécile,
En emportant deux branches à la main.
Or, ébranlé par cette capriole,
Le toit lui-même à son tour dégringole,
Galant et toit roulent dans le jardin.

Tout mutilé par cette double chûte,
Le luron dit, se tâtant quatre fois :
« Mon Dieu ! je suis encor vivant, je crois ?
» Eh bien ! Jeannot, que rien ne te rebute !
» L'arbre n'est pas souple comme l'osier,
» Et si je puis en juger sans chandelle,
» Si la frayeur ne trouble ma cervelle,
» Je viens, parbleu ! de tomber d'un figuier ;
» J'en suis moulu, mais reprenons haleine,
» Et livrons-nous, en attendant le jour,
» Que bien, que mal, aux plaisirs de l'amour,
» L'amour, hélas ! nous coûte assez de peine. »

Fort bien pensé ! mais, par malheur encor,
Non loin du toit dormait, d'un léger somme,
Certain gardien qu'il faut que je vous nomme :
C'était, Docteur, le fidèle Médor.

Médor eut peur, Médor ne put se taire ;
Son maître alors s'éveillant en sursaut,
Dit à sa femme : « Ou bien je suis un sot,
» Ou les voleurs dévastent mon parterre.
» Quoi ! je verrai troubler par un voleur
» Le doux repos qui m'est si nécessaire,
» Moi qui toujours, ma bonne ménagère,
» Auprès de toi ronfle de si bon cœur !
» Non, ventrebleu ! du toupet, Marguerite !
» Apporte-moi mon sabre et mon gourdin,
» Et parcourons ensemble le jardin
» Pour corriger ce larron au plus vite ! »

Le mari sort, armé jusques aux dents,
A son côté s'avance sa compagne :
Vous eussiez dit deux Croisés en campagne
Qui s'en allaient dompter les Musulmans.

Médor guidait notre couple intrépide
Dont la colère aiguillonnait l'ardeur,
Et qui frappait, dans sa sombre fureur,
Tantôt en l'air et tantôt sur le guide.
Enfin pourtant l'introuvable larron
Sentit tomber le long de son échine

Je ne sais quoi plus lourd qu'une badine,
Et qui lui fit tout l'effet d'un bâton.
Lors, du jardin il veut gagner la porte
A travers fleurs et carottes et choux;
La porte était fermée à deux verroux.
» Allons, dit-il, que le diable m'emporte!
» Moi, les verroux, le couple et le matin! »
Oui, mais le diable, enchanté de l'affaire,
Lui réservait, pour comble de misère,
Encor trois coups de l'infernal rotin.
Il les reçoit sans en donner quittance,
Mais les trois coups imprimés sur son dos
En caractère assez long, assez gros,
Pouvaient tenir lieu de reconnaissance.
Sorti de là, bien étrillé, morbleu!
Y revint-il? c'eût été fort peu sage.
Vous qui lisez ce léger badinage;
Dites, Docteur, que c'est un conte bleu.

ACROSTICHES.

A JOSÉPHINE.

J'écrivis les vers suivants en tête d'un Sorcier que j'avais copié pour elle.

J amais au sexe aimable à qui l'on rend hommage
O n n'offrit un objet de plus mince valeur.
S i pourtant mon Sorcier, agréable menteur,
E gayant vos loisirs, obtient votre suffrage,
P uissiez-vous quelquefois, en tournant ces feuillets,
H onorer mon Sorcier d'un gracieux sourire.
I l vous prédira tout, car il doit tout prédire,
N ul ne sait mieux du Ciel les éternels décrets,
E t des décrets du Ciel seul il peut vous instruire.

A JOSÉPHINE.

QUI ME DEMANDAIT QUELQUES VERS LA VEILLE D'UN DÉPART.

Je vais donc vous quitter, femme aimable et chérie,
Obtiendrai-je, en partant, un coup-d'œil, un soupir?
Serai-je enfin présent à votre souvenir?
Éclaircissez mon doute, ô ma charmante amie.
Prenez, lisez ces vers qu'inspira la douleur;
Heureux si, vous peignant mes chagrins, mes alarmes,
Ils font à l'amitié répandre quelques larmes!
Ne les dédaignez pas, ils partent de mon cœur,
Et l'amour, indulgent, leur prêtera des charmes.

SUR LE LIEUTENANT-GÉNÉRAL FABRE.

Fidèle à ses serments, au devoir, à l'honneur,
A-t-il fait un seul pas qui ne fût pour la gloire?
Bellone, qui le vit dans les jours du malheur,
Reconnut le héros qu'illustra la victoire,
Et le trouva toujours sans reproche et sans peur.

A ADÈLE.

QUI ME PRIAIT DE FAIRE SON PORTRAIT EN VERS.

Amour, qui la forma pour plaire,
De mille attraits lui fit le don;
Elle a l'humeur vive et légère,
L'œil séduisant de Cupidon
Et la ceinture de sa mère.

QUATRAIN FAIT POUR BOUFFÉ.

LORS DE SON DERNIER SÉJOUR A NANTES.

Plus on te voit, Bouffé, plus on voudrait te voir;
Ici comme partout l'on aime, l'on admire
Ce naturel, cet art et ce profond savoir
Qui nous font tour à tour frémir, pleurer et rire.

A UNE FEMME CAPRICIEUSE ET JALOUSE.

Votre Lucas, Philis, est un lourdaud,
Un gros lourdaud qui ne sait rien vous dire,
Et vous osez vous vanter de l'empire
Que vous avez sur un pareil nigaud !
Pour votre honneur, vous devriez vous taire ;
Mais nous pouvons nous entendre en deux mots :
Chère Philis, si vous aimez les sots ;
Le sot Lucas fera bien votre affaire.

A LA MÊME.

Philis, vous redoutez l'amour par-dessus tout,
Et vous m'avez prescrit de fuir votre présence ;
Mais à quoi, s'il vous plait, sert mon obéissance,
Puisqu'en vous évitant je vous trouve partout ?

A LA MÊME.

Vous me fuyez quand j'approche de vous,
    Et par un singulier caprice,
    Si je m'approche de Clarisse,
    Vous venez vous mettre entre nous.

Si je vous dis : Philis, vous m'êtes chère,
    Vous répondez : — J'aime Lucas,
    D'ailleurs, Clarisse a des appas,
    Et Clarisse n'est pas sévère.

— De loin en loin, par un rare bonheur,
    Si ma main rencontre la vôtre,
    Vous croyez que j'en cherche une autre
    Et Clarisse en a tout l'honneur.

Interprétant mon coup-d'œil, mon sourire,
    Pour Clarisse ils vous semblent doux,
    Et vous me dites en courroux :
    — Que Clarisse a sur vous d'empire !

— Laissons Clarisse, et ne prolongeons pas
    L'erreur qui fait notre supplice ;
    Je n'ai jamais aimé Clarisse,
    Pas plus que vous n'aimez Lucas.

A LA MÊME.

Nous nous aimons, Philis; à quoi bon nous contraindre?
De ce pauvre Lucas craignez vous le courroux?
Jamais Lucas n'obtint un seul baiser de vous,
Et de tous les benêts il est le moins à craindre.

SUR UNE JEUNE PERSONNE.

QUI AVAIT AUTANT D'ESPRIT QUE DE BEAUTÉ, MAIS QUI DÉCHIRAIT
IMPITOYABLEMENT TOUT SON SEXE.

Vous avez tout pour vous : esprit, grâces, beauté,
De l'austère vertu vous vous faites l'emblème;
Mais, Chloris, avez-vous votre v........?
Pour dix amants heureux ce n'est plus un problème.

A LA MÊME,

QUI VANTAIT TROP SA SAGESSE.

VOTRE vertu, ma belle, a fait trop de faux pas
Pour que vous vous vantiez aujourd'hui d'être sage;
Voulez-vous donc, Chloris, justifier l'adage:
Quand on est vertueuse on ne s'en vante pas?

A LA MÊME,

QUI CHERCHAIT A FAIRE ACCROIRE, PAR INSINUATION, QUE J'ÉTAIS
JALOUX D'ELLE.

CHACUN a ses défauts; j'ai les miens, vous les vôtres;
Mais si de vous, Chloris, je devenais jaloux,
J'irais vous demander pardon à deux genoux
De vouloir attenter au bonheur de tant d'autres.

A LA MÊME,

QUI ME PROPOSAIT UN RACCOMMODEMENT.

DÉTROMPEZ-VOUS, Chloris, je ne suis point méchant,
On ne peut l'être moins ; mais gare à qui me pique !
Or, vous m'avez lancé plus d'un trait satirique,
Si je m'en suis vengé, c'est en vous répondant.
Sans motif sérieux, je n'offense personne ,
Et jusques à ce jour je n'ai blessé que vous,
Si vous voulez la paix, Chloris, entendons-nous,
Et puis pardonnez-moi comme je vous pardonne.
Vous joignez à l'esprit la beauté, le talent ,
Vous avez en un mot, tout ce qu'il faut pour plaire,
Et sur votre prochain si vous voulez vous taire,
J'accepte volontiers un raccommodement.

FIN.

TABLE

DU SECOND VOLUME.

FIN DE LA TABLE.